多田富雄全詩集

歌占《うたうら》

藤原書店

多田富雄全詩集　歌占

目次

I　倒れてのち　二〇〇二〜〇四年

多田富雄全詩集　歌占《うたうら》

I　倒れてのち

二〇〇二〜〇四年

歌占*

死んだと思われて三日目に蘇った男は
白髪の老人になって言った
俺は地獄を見てきたのだと
そして誰にも分からない言葉で語り始めた

それは死人の言葉のように頼りなく
蓮の葉の露を幽《かす》かに動かしただけだが
言っているのはどうやらあの世のことのようで

我らは聞き耳を立てるほかなかった

真実は空しい
誰が来世など信じようか
何もかも無駄なことだといっているようだった
そして一息ついてはさめざめと泣いた

死の世界で見てきたことを
思い出して泣いているようで
誰も同情などしなかったが
ふと見ると大粒の涙をぼろぼろとこぼしているので
まんざら虚言《そらごと》をいっているのではないことが分かった
彼は本当に悲しかったのだ

無限に悲しいといって老人は泣き叫んだ
まるで身も世も無いように身を捩《よじ》り
息も絶え絶えになって
血の混じった涙を流して泣き叫ぶ有様は
到底虚言とは思えなかった

それから老人は
ようやく海鳥《うみどり》のような重い口を開いて
地獄のことを語り始めた

まずそれは無限の暗闇で光も火も無かった
でも彼にはよく見えたという

岬のようなものが突き出た海がどこまでも続いた
でも海だと思ったのは瀝青《れきせい》のような水で
気味悪く老人の手足にまとわりついた
彼はそこをいつまでも漂っていた
さびしい海獣の声が遠くでしていた

一本の白い腕が流れてきた
それは彼にまとわりついて
離れようとはしなかった
あれは誰の腕？
まさかおれの腕ではあるまい
その腕は老人の胸の辺りにまとわりついて
どうしても離れようとしなかった

ああいやだいやだ

だが叫ぼうとしても声は出ず
訴えようとしても言葉にならない
渇きで体は火のように熱く
瀝青のような水は喉を潤さない
たとえようも無い無限の孤独感にさいなまれ
この果てのない海をいつまでも漂っていたのだ

身動きもできないまま
いつの間にか歯は抜け落ち
皮膚はたるみ皺を刻み
白髪の老人になってこの世に戻ってきたのだ

語っているうちにそれを思い出したのか
老人はまたさめざめと泣き始めた

が、突然思い出したように目を上げ
思いがけないことを言い始めた
そこは死の世界なんかじゃない
生きてそれを見たのだ
死ぬことなんか容易《たやす》い
生きたままこれを見なければならぬ
よく見ておけ
地獄はここだ
遠いところにあるわけではない
ここなのだ　君だって行けるところなのだ

老人はこういい捨てて呆然として帰っていった

＊歌占《うたうら》　伊勢の神官、渡会《わたらい》の某《なにがし》は頓死して三日目に蘇る。白髪の預言者となって、歌占いで未来を予言し、死んで見てきた地獄のことをクセ舞に謡い舞う。はては、狂乱して神がかりとなり、神の懲罰を受ける。

新しい赦《ゆる》しの国

帰ってきた老人は
棘のある針 槐《はりえんじゅ》の幹にもたれ
髭だらけの口を開いた
無意味に唇を動かし
海鳥の声で
預言者の言葉を呟いた

海は逆立つ波に泡立ち

舟は海に垂直に吸い込まれた
おれは八尋もある海蛇に飲み込まれ
腸の中で七度生まれ変わり
一夜のうちにその一生を過ごした
吐き出されたときは声を失い
叫んでも声が出なかった

おれは飢えても
喰うことができない
水を飲んでも
ただ噎《む》せるばかりだ
乾燥した舌を動かし
語ろうとした言葉は

自分でも分からなかった
おれは新しい言語で喋っていたのだ

杖にすがって歩き廻ったが
まるで見知らぬ土地だった
真昼というのに
満天に星が輝いていた
懐かしい既視感が広がった
そこは新しい赦しの国だった
おれが求めていたのはこの土地なのだ

おれの眉間には
明王の第三の眼が開き

その眼で未来を見ていた
未来は過去のように確かに見えた

おれの胸には豊かな乳房
おれの股座《またぐら》には巨大なペニス
おれは独りで無数の子を孕み
母を身篭らせて父を生む
その孫は千人にも及ぶ
その子孫がこの土地の民だ

おれは新しい言語で
新しい土地のことを語ろう
昔赦せなかったことを

百万遍でも赦そう

老いて病を得たものには
その意味がわかるだろう
未来は過去の映った鏡だ
過去とは未来の記憶に過ぎない
そしてこの宇宙とは
おれが引き当てた運命なのだ

アフガニスタンの朝長《ともなが》

友枝昭世の『朝長*』を見て

地雷で脚を失った少年は
青空の下に廃兵のように横たわった
空は地平まで続き
耳元では虻《あぶ》の羽音が聞こえた
夏までは砂漠を渡る風のように
砂を蹴って走った脚は
ひざから下がなかった
もう片方の足も

枯れ木のように折れ曲がった
少年は木の松葉杖にすがって
ミイラが歩き出すように
一人で草原まで来た
病院の友達もみんないなくなった
虻の羽音に混じって
遠くでヒヨドリの声が鋭く聞こえた

あれはいつだったたか
まだ停戦協定が結ばれてない春
国境に近い有刺鉄線を越え
山の頂まで羊を追って上ったが
鳩が雪の上で

松の実をついばんでいた朝
彼は踏んだのだ　地雷を
突然天と地が弾け飛び
乗った驢馬《ろば》が跳ねかかったように
燃えたぎった石油だまりに落ちこんだ
鋭い痛みが走ったかと思うと
後はボートで空中を漂う夢を見ていた
眼覚めたとき
右足の膝から下は無かった
ぐるぐる巻きの包帯を解くと
血の付いたガーゼに
真新しい肉片が覗いていた
骨は胡桃の実のように砕けていた

（さるほどに朝長は、都大崩《みやこおおくずれ》とやらんにて膝の
口を射させ、とかく煩わせ給いしが、夜更け人
静まって朝長の御声にて、南無阿弥陀仏と二声
宣《のたま》う、こはいかにとて鎌田殿参り、朝長の御
腹召されて候……）

母に残されたのは一枚の写真
魂が吸い込まれそうな青空の下
墓に行って子供の名を呼び
花で覆っては地面に体を投げつけ
変色した写真をかき抱いた
蒼茫とした野原に

赤土の道が地平線まで続き
夕煙の一片の雲が逃げ去った後は
面影の色も形もなかった
ただ取り残された廃砲が
地平に向かって砲口を開いていた

（死の縁の、所も逢いに青墓《おおはか》の、跡の標《しるし》か草の
陰の、青野ヶ原は名のみして、古葉《ふるは》のみの春草
は、さながら秋の浅茅原《あさぢわら》、萩の焼け原の跡まで
もげに、北邙《ほくぼう》の夕煙、一片の雲となり、消えし
空は色も形も亡き跡ぞ哀れなりける）

遠い戦火の声

軍靴の響き
喪の声
爆撃された廃墟
どこに行っても同じだ
アフガニスタンだって都の大崩だって
カブールの母の嘆きは
青墓の宿の女主人の後ろ影となって
時空を超えて一枚の絵の中にある
カイバル峠に続く草原の道に
指抜《さしぬき》をはいた源の朝長が
片足を引きずりながら歩いてゆく

＊朝長　平治の乱に出陣した源義朝の次男、十六歳の少年朝長は、都大崩の戦さ

で膝の口を射られて重傷を負った。美濃の国青墓の宿まで落ち延びるが、足手まといになることを恐れて、自刃して短い生涯を終えた。それを悼んだ青墓の宿の女主人の前に、少年朝長の幽霊が現れ、悲惨な戦いを物語り、弔いを求める。

泥の人

森山開次のダンス『月日記』を見て

泥の人は
ワイヤーロープを捩《よ》じった筋肉で
沼地の小道を歩いてきた
肋《あばら》に豆電球をダイヤのようにぶら下げ
楽園を追われたアダムのように
額に手を当て思い悩みながら
森を歩き続けた
そして突然始祖鳥の翼を広げ

風を捕らえ
宙を引っ摑んで投げつけた
ついで噴水のように起ち上がって
岩にぶつかって砕け散った

水に変容した泥の人は
ゆらぎ震える流れとなり
石に喘ぎながら接吻し
水晶のように砕け散った

泥の人は
森の巨木の声を聞いた
ひそかな口笛の風

毛虫の足音
幾千の木の葉も聞き耳を立て
鶉《うずら》も鳴くのを止めて身構えた
泥の人はゴージャスな筋肉の腕を伸ばして
枝から木の実をつまみ
ジュースを口に流し込んで
体の隅々にまでその声を感じ取った

でも安らぎはまだ来ない
包帯を解かれたばかりのミイラのように
まだ生々しい泥の肉片をさらして
大地に身を擲《なげう》ち
観念の虚しさを嘆いた

泥の人は乾けば壊れる
泉に駆け寄って水を掬《すく》おうとしても
変容し続ける水は取り合わなかった

それでも泥の人は
抵抗をやめない
肉を引き裂き啄《つい》ばみ鞭打ち
弓を引き絞って
猟人の力で己を射た
はじける痛みは鋭いが
風の森では心地よかった
しかし永遠の癒しは来なかった

泥の人は
呆けたように眠る
時々筋肉を痙攣させて
四次元の眠りに落ち込む
その時泥の人の最も感動的な部分に
最後の夕陽の一かけらが
煌《きらめ》いているのを見る

葡萄の蔓を引きずって
泥の人は歩く
歩くことがこんなに複雑な行為だと
自分を納得させるように
一本一本の筋肉の繊維を

憧れのように煌かせて
ゆっくりと迷路のような造花の園を
歩いていった

弱法師《よろぼうし》＊

森山開次のコンテンポラリーダンス『弱法師』と、
故高橋進の能『弱法師』の記憶とともに

下人非人とさげすまれつつ
少年の姿の阿修羅像のような
無垢の裸身をさらし
俊徳丸は見えぬ眼で虚空を凝視した
かなわぬとは知りながら
まるで獣のように
はだしで奈落の底を這いずり回った
挙句は手を合わせて

涙ながらに慈悲を乞うたが
絶望の果てに縄につながれ
口をあいて喚きながら
四つん這いとなって
救いのない暗穴道を引かれていった

と
どこからともなく梅の香が聞こえた
掬《すく》って飲んでみれば甘露の味がした
遠くで天王寺の鐘の声がした
見えない眼で見上げれば
飛天のごとき女人が

芳しい裳裾を翻して
天上にあった

あの光り輝く菩薩のような肢体は
救いとばかり思ったが
五十六億七千万年の闇の中では
牛頭《ごず》明王《みょうおう》の呪縛となり
重くのしかかるばかりだった
梅の女人は
指の間から逃げる砂に似て
香りだけを残して遠くへ去った

遊行聖人曰く

極楽浄土は貧者の所有物と
だがあれは
断末魔の悲しみ
刹那の歓びに過ぎなかった
　　人間は木の台のように
　　泥に捨てられて朽ちる

天竺の下人のやり方で
括《くく》り袴の裾を前に手挟《たばさ》み
鞭のような杖で地面を叩きながら
轍《わだち》ばかりの泥道を
五色の紐に引かれて歩いていった
その顔には永遠の歓びが

果てしない苦悩とともに
彫りこまれていた

＊弱法師　讒言により家を追われ、病で盲目になった少年俊徳丸は、弱法師と呼ばれる乞食となり、施しを受けるために天王寺にやってくる。梅の香に春を偲び、見えぬ目で見る難波の落日にしばし日相観の恍惚を体現するが、狂乱して悲惨な障害者の生き様を見せる。

雨と女

山本順之の『定家《ていか》』＊を見て

雨が降っていた
冷たい雨が白いバードケージの家に降っていた
窓には蔦《つた》が絡んで
雨は蔦の螺旋を伝って落ちていた

蔦の絡む窓に女が座っていた
女は甘い回想にふけっていた
空恐ろしい快楽の日の記憶だ

あのストーカーのようにしつこく付きまとう男の
毛の生えた指が女の巻き毛をなでていた
執拗な愛撫がうなじを這った
それが苦しいのかうれしいのか
彼女には分からない
ただ甘いにおいがして女は身悶えた
もう忘れていたはずの快楽に抗いもしないで
男の腕の中で身をすくめている夢だ
うなじの巻き毛が
雨で這い纏わっている

今日女は蜆蝶《しじみちょう》の翅《はね》のような
薄黄色の衣をまとっていた

時雨《しぐれ》の空がそこだけぼうっと明るくなった
薄い軽い衣だった
夢の中で女はそれを翻して舞った
いつ終わるとも知れない舞に
女のひと時の救いがあった
でも雨が衣にかかると
蜆蝶の翅はすぐに破れる？

這いまとわる
雨のしずくで
がんじがらめになった女の思いは
蜆蝶の翅とともに壊れてゆく
そら　いつの間にか下の方から紫色に変わっている

死人の指のような紫色だ
両足が腐ってきた女は
ゆっくりと地面に吸い込まれていった

雨が上がって薄い陽炎《かげろう》の薄日がさしても
窓の中の女はもう立ち上がらない
外は草ぼうぼうの蓮華畑になっていた
女の甘い笑い声が残っていた

またしとしとと雨が降りだして
しずくが螺旋のように蔦を這っていた
永遠の呪縛のように蔦に纏わっていた
蜆蝶の翅は雨に打たれて

羽蟻に運ばれてなくなった
彼女の高貴な香りと
甘い記憶だけをそこに残して
誰もいない白いバードケージのような窓を
雨が縛っていた

＊定家　時雨の降りしきる都千本、定家の旧跡に現れた女は、旅の僧を蔦葛で無残に覆われた墓石に案内する。それは「忍ぶ恋」の歌人式子内親王の墓であった。死せる皇女の霊は、かつての恋人藤原定家の執心が定家葛となって、死後までも墓石に這いまとわる苦患を物語り、救いを求める。僧の読経で、つかの間の安らぎを得た内親王の霊は、報謝の「序ノ舞」を舞って、また呪縛の蔦に覆われた暗黒の墓石の中に戻ってゆく。

死者たちの復権

磨赤兒の舞踏『大駱駝艦』を見て

並んだ解剖台に
顔を押し付けるようにして
死者たちが水をすすっている
永遠をまた取り戻そうと

突然静止していた
オウムが騒ぎ出し
エリマキトカゲの指が痙攣した

マサイの戦士たちが
槍や棍棒を持って反乱を始める
時は今だ
今こそ死者が生者を陵辱する時だ

シャンデリアが煌々とついた
夜のパーティーの室内で
貴婦人たちが棺桶のふちに腰掛けて
カクテルを飲んでいる
ひげを生やした女主人と奴隷が
手を取り合って踊っている
鏡の中の舞踏会に
女神たちの合唱が加わる

マサイの戦士たちがいっせいに矢を放つ

エリマキトカゲはカマキリを捕らえた
なめまくってそれからゆっくりと味わう
それから飲み込み痙攣してのけぞった
そのドサクサのうちに交尾して
受胎した貴婦人が
ダチョウの卵を死産する

白衣の天使たちの
悲嘆の声を尻目に
喧騒の市場は
黒い麦藁帽子をかぶった

女主人と奴隷の欲望が支配する
物珍しげな奴婢は
イチジクをかじりながら
呆けたように盗み見ている

鹿の子《かこ》の着物を着た女主人には
今大蛇の尻尾が生えて
壁をずるずると這い登ってゆく
女主人の怨念は
死者が永遠の水をなめるのを
笑いながら見ている

後は白い木偶《でく》のような民衆が

あちこちの垣根をぶち壊して喰らい
ぼろ切れに火をつける
猛火の中に女主人が
ニタッと笑い
ゆがんだ唇に生唾が光る
復讐は成就されたのだ

神様は不在《るす》

白い枠のドアは
海に向かって半開きになって
風がレースのカーテンを揺すっていた
波の音に砂がさらさらと流れた
ドアには斜めの日ざしがあたっている
部屋には長い間ひと気がない
沖で三角波が立って
ヨットが波と格闘していた

白い枠のドアは
海に向かって半開きになって
女神の裾のようなカーテンがなびいて
視界から逃がれようとしていた
空気が海燕のにおいで満たされた
でも中にはだれもいない

太陽は傾き
白ペンキで塗られた枠のドアが
くっきりと影を伸ばしている
風がドアをバタンバタンさせる
貝殻がひとつ

パチンと音を立てて砕けた
旗は中空にはためている

「留守だよ」と
誰かのしわがれた声が聞こえた
あれはアルメニア人の老料理番に違いない
彼が料理したアメフラシが
極彩色のマリネになって
楕円形の絵皿に
海ホウズキのサラダとともに
テーブルに並んでいるだろう

巻貝の殻の無限の迷路に

私は迷い込んだようだ
どこまで行っても出口はない
三半規管の障害者である私は
ネプチューンの呪詛を
受けなくてはなるまい

海が白く光った
白ペンキの枠のドアの
向こうの海にはだれもいなくなった
ドアの前の三角形の陽だまりには
皮のサンダルが脱ぎ捨てられたままだ
神はとうとう現われなかった

水の女

野村四郎の『采女《うねめ》』*に寄せて

吾妹子《わぎもこ》が　寝《ね》ぐたれ髪を　猿沢の
池の玉藻と見るぞ悲しき

水が湧き出ている池の底に
ゆらゆらと玉藻が生え
波紋が広がる
王は気づいていない
女が水に浮いているのを

あれは恋に破れたオフェリア？
または古代の采女？
朽ち葉色の衣が池波に揺れる

もう心変わりを責めはしない
物悲しい声でホトトギスが啼いた
女のむくろは水に浮いたままだ
ただ昔の自分が懐かしい
何も知らなかったころの

水藻が揺らいで
女の髪をなぶった
彼女は思い出した

祝祭の日酒を注ぎ
王の宴で舞ったことを
幼い王は
微笑みながら水面を見回す

王はついに発見する
そこに女のむくろが
水の盛り上がったところに
浮いているのを
女の髪に玉藻が絡んで
落ち葉に覆われて見えなくなったのを

水の女には死の喜びがある

満足が五体に満ちている
もうそれだけで良い
女は感謝していた

水が湧き出しているところから
玉藻が生え拡がり
ゆらゆらと女の髪を撫でた
ホトトギスが啼いた
王の歌う鎮魂歌のように

＊采女　天皇の寵を失ったことを嘆いて、猿沢の池に身を投げて死んだ采女の霊は、かつての祝宴での舞を舞い、また水の底に帰ってゆく。

オートバイ

ケンタウロス*に捧ぐ

君がオートバイで走るとき
天と地は緩やかにカーヴしながら
過去へと逃げ去ってゆく

君はスズメバチが
獲物に襲いかかるように
巣から弾き出される
意を決して飛び出す狙撃兵は

目標を追い詰める

速度がぐんぐん増すと
空のゆがみは極点に達し
君自身はぜんぜん動かなくなる
行く手は白い平面に過ぎない
いつしか君はレスラーになって
時間をねじ伏せている
カウントスリーで光速を超えたとき
君は神になってすべてを許す

光はますます速くなり
すべては一点から飛び出し

無限の広がりに拡散してゆく
行く手はすっかり青ざめ
背後のピンクの海に溶けてゆく
アインシュタインの言ったとおりだ

オリンポスの神の伝令さながら
君はただ疾走する
謎の飛行物体になれば
もう地面など蹴ってはいられない
茜色の空が
蓮華草の花畑のように広がり
湾曲して消えてゆく大地にも
君は優しく

空からスミレの花束を降らせる

君はただ走る
移動するヌーの群れのように
目的もなく希望もなく
前方さえも見ないで
ただ突き破った風だけが
君の存在を保証する

君は知っている
この風のような自由を乗り越えれば
先にはもっと空虚な
熱病が待っているのを

しばられた孤独に
いま君はひたすら耐え続けるだけだ

さよなら
満月にむかって
君は手を振って
攻撃に向かう特攻兵のように
湾曲する地球のむこうに
カーヴ球のように消えていった

＊ケンタウロス　ケンタウロスはオートバイ・ライダーの集まりである。現代の武士を自認するこのライダーの会は、私の新作能『一石仙人』をプロデュースするなど、多彩な文化活動も行っている。彼らの風を切って疾駆する姿に、歩けない私も血を躍らせる。

影の行方

小島章司のフラメンコ『Encuentro（邂逅）』を見て

それは太陽の黒点のように
静止しているようにみえたが
本当は光速に近い速さで移動していたのだ
凝視する私の目に耐えかねたように
黒点は身を捩《よ》じらし沸騰し
陽炎《かげろう》のようにゆらめいたかと思うと
融合しては増殖を繰り返し
子を孕み子孫を生んだ

次いでそれははじけ飛んで
闇にまぎれて見えなくなった

あれはどこへ行ったか
まさか幻影ではあるまい
影だとしても重さは百トンもあって黒一色だったし
すばやい身のこなしは闘牛場の牛のようで
数億年も前からそこに待ち伏せしているようだった
狙った獲物は逃さない重い掟に護られているが
いつしか烏賊の墨のようにぼやけて
灰色の海水にすうっと拡散して消えたのだ

大蛸が獲物に迫るように

触肢についたひらひらした膜を動かしながら
女に覆いかぶさり血を吸い奪い
身を震わせて天を打ち仰いだ
そいつの正体は何かといえば
夜の間は白い仮面をつけ恐怖に叫び声を上げていたのが
昼になるとだれかれかまわず不穏なささやき声を交わす
酒場の孤独な英雄だった
闇の中では鋼鉄の堅固さを誇ったが
アンダルシアの太陽の強烈な光のもとでは
流れた血が地面に吸い取られ乾いていくように
愛と栄光の影も消えていったのだ

でも乾いた風が吹くと音もなく崩れ去り

日向からはすばやく身を躍らせたかと思うと
いつの間にかインキが吸い取られるように
最後は鉛筆の芯のような点となって
地面に跡形もなく吸い取られてしまうのを見た
みるみるうちに消えてしまう
それが永遠というものだ

時の盗賊

柴田昂徳君（子方）演ずる『烏帽子折』を見て

匂うような五月《さつき》の夜
銀河の空にかかった村雲のあたりが
にわかに騒がしくなったかと思うと
時空を超えた盗賊どもが打ち乱れて押し入った
髪を乱したのがあり僧形のがあり
雲つく大男や
若いのも白髪頭を振乱したのもいた
鉞《まさかり》や鈎槍《かぎやり》　薙刀《なぎなた》　バズーカ砲

五尺三寸もある大刀などを思い思いに振り立てつつ
ここを先途と押し入った

首領は誰あろう熊坂の長範
爛々たるかなつぼ眼を油断なく見開き
カーキ色の頭巾を目深にかぶり
迷彩色の戦闘服をだらしなく羽織って
ゆらりゆらりと繰り出した有様は
いかなる天魔鬼神といえども
顔を背け後じさりするばかりだった
熊坂、齢は数えで六十三か
まばゆいばかりの松明《たいまつ》の光に
薙刀柄長く持って

牛若めがけて討ちかけたり

牛若は天から降り下ったような金ボタンの学童服を着て
鈴を転がすボォイソプラノで
熊坂をあざ笑い
その手下のものどもを
一人残らずマジックの手玉に取り
宙に投げつけ微塵になし
熊坂を悔しがらせたものだつた
熊坂は地団駄踏んで
打ちもの技ではかなうまいと
牛若少年めがけて
大手を広げて組み付いた

それからどうしたというのか
月は雲に隠れ
二人の死闘は見えなくなった

代わりに灰色一色の長い袴を引きずった
気味の悪い大入道のような烏帽子屋の亭主が
牛若少年を誘惑するのだ
男はすぐにど派手な縞のダブルに着替え
金ぴかのブレスレットを身につけ
なんと牛若の産毛の生えた頬に触ろうとしている
牛若少年危うし

鈴を張ったような少年の目に
ふと誘惑への抵抗が緩んで
半欠けのメロンのような月に
五月の湿った夜の空気が匂った

＊烏帽子折　金売の吉次を頼って奥州へ下る牛若丸は、近江の宿で元服するために、よしありげな烏帽子屋をたずね、源氏の決まりの左折の烏帽子を折ってもらう。烏帽子屋の亭主は源氏所縁のもので、牛若の元服を祝福し源氏の再興を祈る。その後、美濃の国赤坂の宿に吉次の一行が泊まった夜、盗賊熊坂長範が手下を率いて襲うが、天晴れ牛若は一人で討ち果たす。

卒都婆小町*

観世榮夫の『卒都婆小町』を見て

この道はどこから続いているのか?
生まれぬ先から続いているのだ
その果てはどこ?
轍《わだち》の残る泥道の向こうを
老婆は笠をあげてみやったが
その先は砂塵で霞んで見えない

疲れ果てた老婆は

仏の臭いの染み付いた
倒れた卒都婆に腰をかけた
夕日に尿《しと》が微かに匂った
背中に黒い影が張り付いて
淀んだ風に吹かれていた

老婆の衣の破れ目から
萎びた乳房が覗いていた
昔は懸想した男に追いかけられたものだったが
今では暗い股座が渋柿のように臭う
百歳に余る老婆となって
路頭に骸骨を乞い
供物泥棒と罵られつつ

浄衣の裾をかい取った姿は
便壺から立ち上がったようだった

聖なるものは
穢れたところから生まれる
悪は構成しない
超越といっても何を超えるのか
聖《ひじり》というも非人の証し
下人も超越者も変わりない
生者は死者を区別するが
生きるも死ぬも違いはない
空なるものは求めても得られない
そうつぶやくと精神が蓮華のように匂った

背中に取り付いた影は飛び去った

あたりは見渡す限り真っ白の月の光
老婆は重い足取りでもとの道をたどる
それは生まれぬ先から続いている道
その先は果てもない草叢だ

そのときにわかに
天より虫の声降り下り
百千の葉叢は聞き耳を立て
地は黙し耐えた
いくつもの星が降り
白い蓬髪に落ちた

＊卒都婆小町　高野山の高僧が、卒都婆に腰掛けて休んでいる乞食の老婆を見咎めて除けようとすると、老婆は朽木の卒都婆とは言えかつての美女が腰掛けるのはかえって供養になるではないかと嘯く。果ては卒都婆の教義問答となり、言い負かされた高僧は乞食の足もとに跪いて礼拝する。小野小町のなれの果てと明かした老婆は、突然深草少将の怨念に取り憑かれ、狂乱のうちに百夜通いのさまを見せる。

見知らぬ少年

君が机に向かって製図をしているとき
肩越しに立って覗いている
見知らぬ少年がいる

彼は百年の少年
君の先祖の少年だ
彼は君の未来を知っている
君が死んで

君の孫の同じくらいの年齢《とし》の少年が
大きな涙をためてすすり泣いているのを
ドアの向こうにたって
険しい眼で見守っている

君がしゃがんで
鉢に球根を植えているとき
脚立に腰掛けて見下ろしている
夏の日が斜めに
日焼けした顔を照らしている
明治三十五年の夏
泳ぎ疲れてほてった頬で
白絣《しろがすり》の裾から脛《すね》を覗かせて

なぜか君は知っている
少年が途方にくれているのを
彼が青雲の志を抱いて
挫折したことを

君が公園のベンチで
過ちを嘆いていたときも
少年はブランコを揺らしながら
遠目で見つめていた
でも諦めたように黙って立ち去った

それから少年は帰って来ない

だれもいないブランコがひとつ
風に揺れている

II　大学教官時代

一九七〇年代〜九八年

グリーティングカード

ピンクの靄《もや》の中に
黒いガートル沈んでゆく
女の太ももに食い込んで
三角形のサラリーマンが空を飛んでゆく
唇形の富士山に向かって
キエーッとかなんか叫びながら

このひどく複雑かつ演奏不可能な手書きの楽譜にそって

手が楽器ないし臓器をほぐしてゆく
偉大なる政治家でもある
小男の赤らんだ鼻が
アルファベットビスケットの展示場となる
記号の輪が取り囲んだ家の中に
ピンクの子豚が住んでいるよ
指がつむぎだしているグラフィックな空に
軽薄に浮かんだ白い雲
ポンポンと搾り出されるケーキのクリームで
楽譜がどんどん伸びてゆく

作曲家はねぼけている
しかし愛する女友達への連綿たる手紙のように

ゆったりと伸びる楽譜の
先に広がるピンクの靄のなかに
巨大な女の太もものガートル沈んでゆく
噴火している唇形の富士山に向かって
お元気ですかと問いかける

一目瞭然

カウンターの止まり木に向こうを向いて座っている君は
レジェみたいな頑強な足を組んで
ベニア板の女と話している
カウンターの角は直角だから
君の視線 x 度のところに
冬の夕暮れの日差しが白壁に蔦《つた》の模様を描いている
$R=(1-\lambda)t$ の位置にいるバーテンダーは

ソーセージ状の巨大な腕の先についた
カメレオンの舌のような指で
コップを磨いている
純白のナイロンのワイシャツと
黒いつりズボンに包まれた
袋みたいな体をこっちに向けて
よじまげている首は
十分に位置エネルギーを溜め込んでいる

バネばかりの下の鋼鉄の玉は
もうホームズの興味を誘わない
このバーの室内では時の流れがよどんでいる
その逆ドップラー効果で

室内の膨張係数が約二倍に跳ね上がる

だからすべては一目瞭然
君の悪意の無いハートも
おせっかいな声帯までも
この部屋の受胎告知に間違いが無いことに
天使のように安堵している

競　馬

地下鉄の排気口が空の胃袋の匂いを立てる朝
ミロの狸じじいが現れ
ちょっとはにかんだ微笑をもって挨拶をする
だが前の座席は
あの十字螺子《ねじ》の目をしたばあさんが占領して
競馬新聞を読む振りしている

帰るか行くか

それが問題だ
ポケットの現なまを確かめながら
俺は動揺を見せまいと装い
油断無く小走りに角を曲がって
例の占い女のところへ行くと
ささやいた　6―4を八枚と
つり銭を癒着した彼女の喉から引きだし
やっと安心する

ダさい玉ではキャベツが豊作だそうだ
ミロの狸じじいはキャベツ畑でかくれんぼしている
十字螺子の目の女は
スペイン戦争の真っ先にたっている

もう頭は混乱の極だ
出走目前の緊張が走る

オー　あのナガレノホマレの高貴な首が
ポッカリ浮かんだ煙の輪をはめて
ぐんぐん空に上ってゆく
屁のような抜けた大歓声の中で
青空が近くなってくる
俺はなまつばを飲みこみ
ハンマーを振る
鉄管が壊れて空気が流れ出しあふれた

がんばれナガレノホマレがんばれ

がんばれがんばれ
ぐんぐんぐんぐん
俺は行きそうになって
馬券をにぎりしめた

迷路

ピナトゥボ火山噴火の影響で
すみれ色に染まった大東京の空へ
岩穴からヒラヒラと立ちのぼるウツボのように
高層ビルが背伸びをするとき
君よ黄色いリボンをつけて
新宿の町へ出よう

坊主頭に刈り取られた街路樹の下で

ホモたちの吐息が立ち上るとき
斜線制限で三角に切り取られたビルの地下室で
君の視線がばっさりと断ち切られる
赤いサテンばりのドアの向こうに
白い腕が待っているところがある
そこに君を待つ部屋があり
蝸牛《かぎゅう》状の通路が君を導く

君はパイプベッドに座り込んで
君の脳のことを考えている
その脳は脳のことを思っている君を考える
君の部屋は密室だが蝸牛核状の螺線階段で
待っている君に通じている

君は見ることができる脳を持って
その脳で君を見ている

そこには一羽の鳩が飛んでいる
しかし鳩の影は白い部屋の壁には映っていない
あるのは真っ白な壁に差し込む光だけだ
部屋は窓も無い密室の眼房なのに
影は逃げたのだ　どこへ？

網膜にはパイプベッドに横たわる君と
君を見ている君の眼がある

君は見ている

君は脳を見ている
白い腕のことを考えている君の脳
を凝視している君の眼
しかし女はいない

右半球の穹隆には有刺鉄線の影が
映っているではないか
左半球は部屋の壁のようで
そこには戦場の落書きが書かれている

鳩が飛び立ったばら色に変色した東京の空に
高層ビルが斜めに背伸びをしている
岩穴から立ち上ったウツボのように

町にはズボンのすそをなびかせた君が行く
策略に引っかかった君が
永久の迷路をたどってゆく

リトルリーグ

ぼくがウィーリーのピンチヒッターだなんて
いやなこった
という反抗も捨ててバッターボックスに立った
うまごやしの生えた埃だらけのグランドで
ブルータスのように悲壮になる
天使の心をととのえて
タンポポの毛のように軽くなったその時

監督のメルが叫ぶのだ
バントだバントだ
えっバントだなんて

心弱くも
あの歓声に逆らうことなく
ぼくはゆっくりとバントの構えをとる
バットの向こうにすべての世界がある
ぼくは孤独に立ち向かっていた
血を流す覚悟だった
こんなバントのために悲しくさえあった

ランナーのマサシが二塁に走った

ぼくはああぼくは球をまさしく内野にはじいた
球は埃っぽい土の中に走りこんで
クルクルと回って見えなくなった
大歓声を後にしてぼくは走った
セーフ
ぼくの発達しかけた胸の筋肉が
夕やけ空に跳びあがろうとするとき
あの歓声は痛かった
悲しくさえあった
ぼくのはちきれんばかりの頬を激しく打った

ぼくは知っていた
ウィーリーのピンチヒッティングの結果であることを

ぼくの実力ではないことを
それが本当の結末であることを
ぼくはかっ飛ばしたかったのだ
バントなんていやだったのだ
喝采なんか浴びたくない
茜色の空に向かって
ぼくは妙に悲しくなった
大げさに恩寵なんかないんだと
はじめて悟ったのだった

六月の朝に

薔薇は蕾のうちに摘んで
朝露にぬれた花芯が目覚める前の
処女のような香水を搾ろう

開き切った薔薇は
老いた娼婦のにおいがする
だから海の太陽が
蕾を照らし出す前に

すべての作業を終えなければならない

お目覚めかクピドーよ
今日のお前の仕事は
死んだ薔薇の造花に
新しく搾った香水をふりかけ
ニンフに手渡すだけ

風渡る野を駆ける馬に
廃墟のタンポポを受粉させよ
初夏の日差しは鳥たちを興奮でうずかせ
カタツムリの勃起した触角を
海の微風で発情させる

乙女らの籠は紙の花で満たされ
搾った香水の香りは
高ぶった若者たちを失神させる

だから薔薇は蕾のうちに摘んで
朝露にぬれた花芯を
誰にも見せないうちに搾ろう
秘密に震える香りを
独り占めにしよう

意地悪な神さま

アントニー・レーエンフックという
近目のオランダ人の仕立て屋が
レンズを組み合わせて顕微鏡を作った
ラシャの布でレンズを磨き金属の筒にはめ込んで
うなぎを見て血管を血球が流れるのを見つけた

光が鏡に反射し
プリズムを通って

レンズの光軸を通る
鏡筒　レンズの組み合わせ　反射鏡　オブジェクト
神のように完璧な構成が必要だ
まさしく神の奇跡がレーエンフックに与えられたのだ

わが友レーエンフックは見ることに取り付かれ
五十年間に二百通の手記を
ロンドン王立科学協会に送り続けた
見るものはますます細かくなった
やがて彼の目は見えなくなった
網膜がやられたのだ
それでも彼は見ようとしていた

神様
レーエンフックにお恵みをお与えなさいましたか
彼は偏屈な仕立て屋でしたが
大いなる恩寵は与えられたのか
彼はついに見えないものを見たのだ
三百年後の電子顕微鏡でさえ見つけようとしないものを

神様
それはあなたのたまたま撒き散らした塵です
宇宙の塵だったのです
あわれあわれ
彼は塵という存在ですらないものを見て
狂喜したのです

レーエンフックは原生動物のシッポを
毒茸菌の集落を見た
しかし彼がロンドン王立協会についに送らなかったのは
彼が本当に見たもの
宇宙に撒き散らされた塵あくた
何の価値も無いが
完璧な存在　ありうべからざる真実
神様がついにお許しにならなかったもの
つまり非存在を
彼は見てしまったのです

子供のハノン

秋の夜更け
部屋には子供のハノンの楽譜が落ちている
ああ私はなんと年を取ったことか
この不均衡な時の沈澱を
ハノンのように整った音で
弾くことはもう無いだろう

単調なハノンの繰り返し

私が生き生きと弾んでいたころから
私が一つまみの灰になるまで
そして天地の整合を感じたときも
それが不滅でないことを悟ったときも
永遠に繰りかえされているハノン
単調な神のようなハノン
私はもう弾くことは無いだろう
物質という秩序に
感動を持って触れることは無いだろう

秋の夜更け
部屋には子供のハノンの楽譜が落ちている
私はそれを拾って

子供のピアノの上にそっと置く
眠っている子供の無傷な時間の上に置く

お焦げ

我妻よ
今宵は何を焦がせしや
厚揚げか　こんにゃくか
はたまた豆の含め煮か
かすかににおう焦げしょう油
空気もわずかに色づいた
秋の夜は焦げやすい
時間がわずかに延びるから
延びたを誰も知らぬから

心せよ
時は静かに逃げてゆく
落し蓋ゆるきゆえ
いと早くとめどなく
立ち昇り空に逃げてゆく
この時はとどむすべなし
ただ残る焦げし匂いは
うつけたるおのが心の
悔恨のしるしなるべし
さあれ今宵は何を焦がすべきかや
我らのたつきの思い出を
のちの世に残すよすがか
我妻よ

黄金《こがね》の夕陽

若くして逝った友永井俊作*に

さらばよさらばやし、
静かに回せば黄金の夕日、
野にも山にも、いざや。
（北関東のわらべ歌）

オー君は
桑の木の間を吹き抜けてきたな
君が風でなかったとはだれにも言えまい

去るものは速い
君が逝ってから
はや何年たったのか
その間にぼくは何をしたのか

桑畑の向うに金色の陽が落ちる
蓮華畑は一面の黄金の海
花を摘んで王冠を編もうよ
白い蓮華に赤い蓮華
王冠を編んで君に上げよう

四月は君が病気になった月だ
君の車に蓮華を飾り

君を乗せて遠くへ行こう
回せや回せさらばやし
黄金色の陽が落ちる

野も山も金色に染まった
学校近くの教会堂も
踏み切りのそばの観音堂も
回りながら影を伸ばし
金泥の夕暮れに溶け込んでゆく
子供らは輪になって唄う
さらさらさらばやし
静かに回せさらばやし

西を向いて手をかざせば
桑の木に射し込む夕日に
視野の欠けた眼の片隅で
制服を着てベレーをかぶった
君の顔が見えたのだが

オー君と一緒に吹き抜けた青春
君が風でなかったとはだれにも言えない

桑の根元に横たわった君
目を細めて
笑ったように見えたのだが
それもつかの間

まぶしいばかりの夕日に
ハレーションを起こして見えなくなった

回せや回せさらばやし
静かにまわせば黄金の夕日
野にも山にも
いざや

＊永井俊作は旧制茨城県立水海道中学校の同級生だった。付き合いは彼の死ぬ瞬間まで続いた。画家を志し東京芸大に入ったが、彼の興味は絵画にとどまらず、詩作から物理学、そして新しい原理での機械の発明に及んだ。不幸にして上顎癌を発病して、四十五歳で死んだ。私は彼の苦痛に満ちた闘病に、三年あまり毎日欠かさず付き合ったが、死んだ後は半身を失ったような思いであった。俊作こそは真の天才、私の Il migliore fabbro（よりたくみな工人）であった。今でも身を切られるような悲しみに襲われる。

飛《とび》島《しま》

点睛塾*の友に

飛島は日本海上に浮かぶ孤島なり。
かの島にひと夏遊びたり。

飛島に行かむとすれば
水脈《みお》暗き夏の曳航
倦《う》んじてし陸《おか》の憂いを
捨てむとて海に来たれば

嘴《はし》黒き鷗鳥らは
船端《ふなばた》を追いつ群れいつ
翼《はね》広げ生きよ生きよと
啼き交わし空に翔《かけ》りぬ

酒田より見ゆる飛島
夜となれば暗き島影
烏賊釣りの光まばゆく
月見草砂丘に咲けり

乙女子の白き腕《かいな》よ
男子《をのこ》らの日焼けし胸よ
黄金なす波の彼方に

落ちゆきし夏の太陽
今宵しも平田の里の
点睛の家に集いて
惜しむべし短き夏を
憾《うら》むべし過ぎ行く夏を

＊点睛塾　山形県飽海郡平田町に農家を改造した老朽家屋に、点睛塾という大きな看板が立っている。洋上大学をともにした庄内の若者が、ボランティアー活動を行う拠点となっている。私は縁有ってその塾長となり、頻繁に点睛塾を訪れた。身の丈にあまる夏草を踏み分けて薩摩琵琶の演奏を聴いたり、日本海の荒海で獲れたばかりの寒鱈のドンガラ汁を囲んで、文化や政治のことを語り合った。思い出は尽きない。

The end of summer

The end of summer
Winds start on the horizon,
Glaring maple leaves of a Bonsai,
In the thirty forth story apartment room,
Pinching Margot's sun-swollen skin,
That lies on a glorious rattan chair.
    "Don't miss the plastic glass left
    On the beach that absorbed
    Margot's itchy affairs !"

Nothing is perfect,　of course,
Even a toy ship in the basin of Bangkok Hotel,
Where Margot stayed the sinful summer.
She stared the straw sandals on the wall,
Where crickets and geckoes were creeping around.
    "In fact,　I hate those fanatic cicadas
    Whose madness has been too noisy
    To extinguish the fire of Margot's !"

The end of summer
That starts winds
On the horizon,
Today !

III　初期作品

一九五三〜六〇年

プレートの上の旅行

回帰線の環を村人がひろげている
それは希望のない親切というものだ
ぼくはもうカモシカのいる
北の陸地を目指さない
ぼくはもう雪山のピークをさえ求めない
鉛筆を火にくべたり
セロハンの灰を撒きちらしたりして
もう村からでていってしまう

だからもうぼくを詮議するのはよせ
だがぼくが誰だったかを考えてくれ

アザラシまでいる
ソケットの海へぼくらを導き
(海は明るい音の反射する人工のひろがりで)
ニクロム線の螺旋形の標識が
ペラペラと点いたり消えたりしている
ただぼくの中の小さな運動家の因子が
プレートの草原のむこうにある
ガットの月の感覚的な追従者になる
(錆びた労働者がひとり草原を加工している)
だがもうぼくを変形することはできない

ぼくはむかし機械いじりを好む男だったが
ぼくの名前は誰だったのか

鼻づらを引き回されて声も出ない
絶望的な旅行が始まる
ぼくはもう村人たちの好意を受け入れない
計り知れないほど理知的な空想を
発信し続ける湖を欲するわけにはいかない
ぼくは初めから契約しない男だ
だからもうぼくの名前を言うな
ぼくは昔は存在していたものだ

OBSERVATIONS

彼女は青い海草のようだ　水の中を
掌のようにゆらゆら動いて
見えたり見えなかったりする
　　　　　　　あの海の底へ
月明かりの夜の人間やロクロが
ぐるぐる廻りながら沈み込んでゆく
でもそこは死の王国ではない　ただ
数多くの中心から脱落する星の

消える　無限に広い砂地なのだ
細い栗の木の垣根を越えて
多くの散乱する極に向かって
消えてゆく人間の苦痛のイマージュなのだ

春の発芽する粘り強い葉が　彼を
興奮で病人のようにした
ヴィジョンのなかでは
筋肉の繊維が一本一本まで見えた
茨の中から血の叫び声が聞こえた
　　　　　　　　　　けぶった
ガラス球の中に自分の姿が浮かんだ
血の滲んだ包帯を頭に巻きつけ

太陽の呪文をよける影もない
砂地の炎の中を歩いてゆく
　　　　　　　　　　月の下で
彼の姿は高貴だった　しかし火の中では
消えてゆくイマージュすら持たない
不具で不能な非現実の兄弟に過ぎない

細い栗の木の垣根を越えて
貝殻のような彼女の部屋に
蝸牛殻障害の男が座っている
頭蓋の中の草は萎れていた
　　　　　　　　　彼女の部屋の
無数の円柱が毀れ　散乱する歌は

彼よりももっと高く
もっと遠くに輝いていた　これが
彼女の世界なのだ
そこにはひとつの入り口しかないが
それはすべての出口なのだ

細い栗の木の垣根を越えて
平坦な地面　倒れた土地の上で
ぼくらは互いに浅い地獄のことを想った
　　　　　　　しかし決して
堕ちることも消えることもなかった
それから長い間しがみついて待った

影深き海

ヘミングウェイに

空に向かって繁茂する植物の
蝿を捕らえた葉の喉は
褐色の粘液をたらたらと分泌する
蛸貝の腕は木に登ろうと
ポリネシアの震える風をまさぐる
難破した船の漂着した入り江に
時折苛酷な観念が戻ってくる

飴色の寄生木が垂れ下がる河口では
禿鷹が獲物をむさぼり
猛獣たちが音もなく移動する気配

そして突然のハリケーンが
空に足を向けた蛸の木の林をなぎ倒しても
アクアラングの男は海から揚がってこない
冒険者は泳ぎだそうとする怪魚のように
ゆったりと紫の海に潜ってゆく
怪物どもが蠢く海底に
極彩色のウミウシやアメフラシの林へ
真珠母　たて巻貝の海域

しかしこの神の無防備
血も流さず傷も負わぬ孤独
海図の咽喉に
また大河の盲管に難破していった者
この最後の男も索具とともに沈むか
または影深き海に
十戒は守られたか

すでに絆が失われたとき
魂は一匹の魚のように
青く輝くことはなかったが
焼きつくす日差しの中
再び視界の開けた

ポリネシアの海辺を歩いていた

CANTOS

エズラ・パウンドに

1　医学生

雪片に抗っているメスの上の血は
ユダヤの神秘主義《オカルティシズム》でもない
また神学生の偽善でもない
それは君が確実に
引き受けなければならない責め苦なのだ
死の転帰へと下る長い

曲がった回廊を通り抜けるときに
フィレンツェの男が往復した
階段のある地獄のことを
考えたりするのだ

もしも君の苦痛の閾値が
そんなに低いのだったら君は
どことも知れぬ麻酔のなかで目覚め
身内が冷たく澄んだ痛みのなかで
長い鉄管の蛇口から
滲みだしてくる
錆び付いた声を聞くだろう

僕らもまた
食塩水《リンゲル》が流れ下る細長い管に過ぎず
思考と行為の乖離した牢獄から
咬まれた両手を差し出しているのだ
タイルと白布に囲まれ
非現実になった生のイメージの中で
不潔になったメスとガーゼが
水浸しの脳で洗われている

もし君がいま
拍動のない血や食塩水《リンゲル》を拒むなら
たとえば実験犬が吠え立てて求める
愛のない食餌をも受け入れないとしたら

そのとき君には
あの茶色の瓶に入った
鉱物質の薬だけが必要なのだ
その極量を僕は知っている
でもそれさえもう気休めに過ぎない

2　手術のあと

夜明けの渇きが
迷路障害の壁からかえってくる
もう朝らしい
それは良く分からないが
笑気《ラッヘン》ガスの三色菫の泡のなかで
発作性の快感と
急性肺炎のような愛を呼び覚まそうとする

僕らは実際
兎唇《みつくち》だったり裂指症だったり
そうではなかったりした

健常者のイメージへの
長い監獄のような廊下で
君らは何を考えたのか
別世界に通ずる通気口のように開いた
手術創がどこに通じ
そこから何が摘出されたかを知るまい

僕らはまた別のこと
死体槽のそばで聞いた笑いや
教授《プロフェッサー》の坩子《コッヘル》に取り出された脳の一片
（神は脳の中の焔《ほのお》だから）
屈強な学生たちに侵入された創口に
挿入されるガーゼの優しさを思った

しかし君はまだ知るまい
手術《オペ》を待つ患者《クランケ》のように君らは
苦痛を猶予されているだけということを
それはまだ免除されていないのだ
白人にしても黄色人種にしても
まだ経験していない苦痛
内視鏡でも見えない病巣
君らの知らない別の痛みを
福音書の殉教者や
グノーシスの求道者と同じく
次の奇跡を待たなければならない
希望という責め苦を

もう一度味わいながら
許しを待たなければならない

去年の顔

忘れられた空に
去年の顔が
戻ってくる
木の葉のように
一枚一枚
涙腺の膨らんだ
潤んだ目をして
記憶の遺失物を

探している

歪んだ冬の風景のなかで
足を折り曲げて
表情は
音を聞こうとしているが
この音は
どんな音の市場でも
売っていない

埴輪のような顔が
過ぎ去った永い
年月が歯となって印した

汚れた
判じ絵を占っている

当惑に歪んだ
大きな顔は
絶望に黒ずんだ皮膚をして
電線の垂れ下がった
貧しい大地に
約束のための
名前を記した

レクイエム

1 復活

老人の襟に指された
倒れた薔薇。物語の吸殻。
燃え尽きた木の根の灰。これらは
ひとつの死だ。しかしまた
復活への希望だ。疲れ果てた春の日が
リラの花を吹き散らして

腐らせてしまい、黄色い塵埃を
煙っぽい昼間の公園に
ひと吹き吹きつけた。窓の
摺りガラスに風の指で
煤煙の文字が描かれる。

われわれは
一日中囚人のように自分の
部屋にいた。太陽の呪文を
受けて座っていた。
空が状況のような宿命を
帯びた灰色で低く
そこらにもうなだれた

人の手が見えた。掘割に
黄色く溜まった下水に映る
三月の風景は
家屋を失くしていた。

リンネル商や宝石商は他人に
何も口外しない。デスクで
新聞を読むときもテリアを
愛撫するときも
固定観念を持たない。お茶を飲み
キャベツスープとトーストを食べ、時には
ピンクの室内で宝石や
小石を楽しむ。そのとき突然

デスクのベルが鳴り渡る。

ある病人は吸入と一緒に
猫を吸い込んだ。それから
薄暗い空き地の崩れた土手から
渡した橋桁を吸い込む。だが
もっと広い麦畑は吸い込めない。
咳と風が溶け合って鳴る。

われわれは闇の中でしか
天使の姿を見ない。それは
死の目印、
復活のあかしだ。しかし

死んだ人たちは復活を
望まない。棺の底を割って
吹き込む隙間風の
やむのを黙って待つのだ。

死んだゼラニウムがまだ色を
失わないとき、そのために
何を歌えばいいのかわからない。
何か歌わなければならない。だが
何を歌えというのか。

2　贖罪

かすかな月明かりの庭のハープは
聞き取れない。われわれの
乾いた皮膚の上を触れずに動いて
空気の罅《ひび》をすり抜けてゆく。
月光を織るハープの経糸《たていと》。だがあれは
ただの風の音楽、
反響のない空気の打音だ。

他の音は
われわれの記憶の中に住む。
階段を吹き抜ける記憶の風に

地下室に下りる足音のこだま、
叫び声の反響。われわれは
そこから先のことを知らない。窓から
投げ出されて摑もうとしている
この手は？　胴は？　だがわれわれは
模型人間、
肉の形骸に過ぎない。

われわれは皮膚の下に
犬歯を持たない。そして
神経を動揺させる
血液を乱さない。月明かりの庭で
一枚の葉が歌っていた。しかし

ハープはもっと遠くでもっと
微かに鳴っていた。われわれは
木の葉の歌う中でこそ
最も気高く完全でもあったのだ。

かすかな月明かりの庭のハープを吹く
風の中で、四隅の薔薇の株を巡って
われわれは罪と
罪滅ぼしの物語をした。この庭は
現世から最も遠く、また
隣接もしていた。この水のないプールに
映ったわれわれの
争っている影の把手、それは

蚕の分娩と死の物語。
水の動くように動いて
草の根にささやく風の音楽。

3　灰の希望

煙草の燃え尽きた場所。街区の
終わる目印。露地の角で
乱れている塵。老人の
目の中の灰。死んだ
アスファルトの上の枯葉は時を
示す。物語の終わった時を。
　　　　　　　　閉じられた
書物は解体された。紙だ、
インクだ、鼠の糞だ。そうして
ひとつの物語の終りだ。

塵と灰が流れる。風上には、
最後の統一された街区がある。
われわれは足元を見つめて急いだ。
青ざめた状況の場末を
黙って下っていった。目の中に
溜まった灰。忘れられた書物の
燃え尽きた灰。われわれの
上着の中の体は破片だった。骨だ、
神経だ、乾いた皮膚だ。そうして
すべての血球の殻だ。

われわれの
意識の骨組みの間の空き地。

家と家の間の暗い隙間。
壁がないビルの金属の骨。
そこをすり抜ける犬のような夜が
花を咲かせている。黄色い花の
一抉りで、非常ベルが鳴り響く。
青ざめた夜の状況を満たすように。
だがどうして
ベルとともに風が乱されるのか
わからない。

これは物語と血液の死。
そしてまた愛と
希望の死。だが愛とは

骨の愛でなくてはならず、希望とは
灰の希望でなければならない。
この状況のベルが鳴り響く中で、
最後の統一された街区の中で、
われわれは黙って待った。

4　影の彷徨

風上の家は取り壊された。風は
振動する空気を下方にかすめて、月光の
夜の葉叢《はむら》を乱して動いた。
風の中にぶら下がった木の葉、
記憶と憶測の間に落ちる影。それは
ひとつの希望の燃え殻、
希望と憶測の残骸だ。

もうひとつの影は
花壇のある庭に続く道で出会った。
見知らぬ意識の底をすばやく動いて
二つの道の間でわれわれを待つのだ。

木々は動く。道も
動く。われわれは廻る。影も
廻る。十月の寒気が
振動する空気の中を。

われわれは何も持たない。
われわれは何も望まない。一つの影が
意識の底を動いているとき
一本の木から歌が聞こえる。
風のかき鳴らす葉叢のトリル、
電線のアルペジオ。これは
われわれが囁かないでいるときだけ
うつろな呼吸と響きあうのだ。

十月の寒気が振動する空気。木々たちと
われわれの間の張り詰めた時間。風は
木々の間に散らばる影を乱して、月光の
夜の木の葉でトリルを鳴らす。
風上の空気は匂っていた。そして木々は
はるか上方で揺れていた。われわれは
木々たちに近いところにいるときだけ
この影と出会うことができる。

風は動く。われわれも
動く。木々は廻る。われわれも
廻る。影も廻る。十月の寒気が

振動する空気。われわれは
動く。そうして何も
望まないのだ。動く
木々を廻って何も
何も待たないのだ。

夜曲

露草の咲いた空を越え　夜を越え
鹿の子色の海が泡立っている

目を覚ませ　シャンパンの泡立つ夜だ
乾杯する人々が薄明かりを食べてしまうよ

窓の空が赤や青に滲んでゆくとき
この身をナフタレインにて消毒せよ

そしてあのフランス風の
牛乳屋台の日覆を羨め

町ではソーダ水が殷盛《さか》りだから
貧血した身にこの赤い更紗をまとえ

この赤い　甘悲しい更紗は
どんな女にも裁つことはできない

海に向かえる埋葬

肋《あばら》にとまった小さな鶉《うずら》は
今日戦慄に澄んだ目を見張って
死んでいった

ああ　ポケットにレモン潜めて
彼方カプリへ鶉求めて行った日よ
ああ　もう巨大《コロッサール》な椰子の実の影も
南欧の遠凪の海に刻まれ

受精を終えた青い蛾が
ビーチパラソルの陰に光っている

霧の日　かつて
見えぬ鶉の目を恐れ
夏の多彩な陽の溶け込んだ海を求めたが
今日赤道下の小石は色を失い
一人娘は日向にうずくまって沈んでいる

だから
この冷たい喪服をお脱ぎ
そしてあの鶉たちの
かぶった声のないところへ行こう

車に白色レグホンをいっぱい積んで
カリフォルニアの木陰を行け

初出一覧

1 倒れて後 二〇〇二～〇四年

歌占	『DEN』20	二〇〇二年九月
新しい赦しの国	未発表	二〇〇二年六月頃
アフガニスタンの朝長	『DEN』25	二〇〇三年七月
泥の人	『DEN』24	二〇〇三年五月
弱法師	『DEN』28	二〇〇四年一月
雨と女	『DEN』22	二〇〇三年一月
死者たちの復権	『DEN』23	二〇〇三年三月
神様は不在	『DEN』26	二〇〇三年九月
	(「神の不在証明」改題)	
水の女	『DEN』29	二〇〇四年三月
オートバイ	未発表	二〇〇三年
影の行方	『DEN』21	二〇〇二年九月
時の盗賊	『DEN』27	二〇〇三年十一―十二月
卒都婆小町	『DEN』30	二〇〇四年五―八月
見知らぬ少年	『DEN』近刊掲載予定	

2　大学教官時代　一九七〇年代～九八年

グリーティングカード	未発表	一九八五年頃
一目瞭然	未発表	一九八〇年代
競　馬	未発表	一九八〇年代
迷　路	未発表	一九八〇年代
リトルリーグ	未発表	一九七〇年代後半
六月の朝に	未発表	一九九〇年代
意地悪な神さま	未発表	一九九〇年頃
子供のハノン	未発表	一九七〇年代
お焦げ	未発表	一九七〇年代後半
黄金の夕陽	未発表	一九九〇年頃
飛　島	未発表	一九九八年頃
The End of Summer	未発表	一九八〇年頃

3　初期作品　一九五三～六〇年

プレートの上の旅	『季刊メタフィジック詩』5　（「プレートの上の旅行」改題）	一九六〇年八月
OBSERVATIONS	『季刊メタフィジック詩』3／4合併	一九五九年六月

影深き海	『季刊メタフィジック詩』2　一九五八年十一月
CANTOS　1　医学生	『季刊メタフィジック詩』1　一九五八年六月
2　手術のあと	『季刊メタフィジック詩』1　一九五八年六月
去年の顔	『文艸』2　一九五六年五月
レクイエム　1　復活	『PURETÉ』1　一九五四年五月
2　贖罪	『PURETÉ』1　一九五四年五月
3　灰の希望	『PURETÉ』2　一九五四年九月
4　影の彷徨	『PURETÉ』2　一九五四年九月 （「プレリュード」改題）
夜曲	『PLÉIADE』26　一九五三年八月
海に向かえる埋葬	『PLÉIADE』26　一九五三年八月

あとがき

詩は向こうからやってくる。突然予感が言葉になって立ち上がり、こちらに向かってくる。こちらから近づくことはできない。条件さえ良ければ、突然優しい発作のように詩に満たされる。時にそれは胸苦しいほど圧が高い。

青年時代は、それが来るのを待っていればよかった。友人と同人誌を作っては潰ししながら減圧したものである。

実生活に耽る日々が続くようになってからは、その来訪はまれになり圧も高くはなくなった。しかし、来ないわけでもなかった。アメリカで研究生活を送っていたときでさえも、時々は遠慮がちにやってきた。たまには紙切れに書き留めておくが、多くはそのまま逃げ去ってしまった。

それが再び頻繁に現れるようになったのは、二〇〇一年の五月、旅先で脳梗塞の発作を起し、重い障害を負った夜以来である。突然金縛りにあったように体が動かなくなり、三日あまり死線をさまよった。目覚めたときは右半身が麻痺し、驚いたことに私は声を失っていた。叫んでも声は出ず、訴えようとしても言葉にならない恐怖。意識さえもはっきりしない中で、私の叫びは詩になっていた。

体が麻痺していたので、書きとめることもできない。夢うつつのうち、必死でいくつか暗記して帰って来た。何日も経って、片手でワープロの文字を打つことができるようになったが、大方は忘れてしまった。でも、詩が向こうから現れたことは確かだ。

それ以来時々微熱のように、詩が訪れるようになった。若い頃のように圧力は高くなかったが、知らず知らずのうちに口ずさんでいた。私の構音障害は重症で、三年たった今でも言葉は一切しゃべれない。だが音のない詩は優しく訪れた。

以前と違って、さまざまの風景に出会うことがないので、現れる場所は限られている。劇場や能楽堂で、特に演技に圧倒されたときなど、詩は向こうからためらいがちに近づいてきた。そんな時は覚えておいて、家に帰ったらすぐにワープロに向かう。言葉は逃げやすいから、長く手元には留まらない。行ってしまうと復元できない。

脳梗塞の経験は、私に何か不思議な能力を与えたような気がする。昔分からなかったことが、発作を境に理解できるようになった。時には未来や過去のことまで感じとることができる。脳の一部は死んで戻らないが、その代わり何か新しい回路が生まれたようだ。この詩集は、発作直後から最近までの詩を中心に編んだ。ついでに手元にあった古い雑誌や、書きなぐりの草稿にも多少の手を入れて、私の全詩集ということにした。

思えば長いこと詩のようなものを書いてきたものである。十八歳の頃、郷里の先輩でもあった新川和江さんに勧められて、詩誌『PLÉIADE』に初めて詩を発表した。昭和二十四、五年ごろのことである。その頃書いた富永太郎もどきの抒情詩も、恥ずかしいが記念に収めた。新川さんは、同郷というだけで、傲慢な田舎者の高校生にも、詩を書く楽しさと苦しさを教えてくれた。

医学部に入ってから、安藤元雄や江藤淳たちと同人誌『PURETÉ』（のち『位置』に改題）に参加した。田舎からやってきた、体だけ頑健な理系の学生は、安藤元雄の詩の熟れたチーズの一片のような存在感や、江藤淳の何もかも見通した批評眼の明晰さに、ただただ嫉妬し、いくら背伸びしても打ちひしがれるばかりだった。でもその頃、権威のあった『詩学』という雑誌の批評欄で、江藤淳の処女評論「マンスフィールド覚書」と一緒に褒められて、有頂天になったのを覚えている。江藤はそのことによって批評家の道を選んだが、私は吹っ切ることができず医学にも二股かけていた。手塚久子や赤荻賢司、永井俊作など、より巧みな工人、詩人たちは、皆他界してしまった。

やがて『メタフィジック詩』という同人誌を発刊し、私が編集することになった。私は医学生だったが、医学の勉強より、詩を書いたり、能楽堂に入り浸ったりの日が続いた。その頃書いた詩はあまり残っていないが、『メタフィジック詩』に発表したものだけ、気恥ずかしいが収録した。よくもこんな韜晦な詩を書いたものである。またそのころの絶望のなんと深かったことか。青春というのは、いつの世でも苦いものだ。エズラ・パウンドやT・S・エリオットを読むことで、気力を養っていたような気がする。

三十歳を過ぎた頃から、私は免疫学の研究者として海外に住む期間が長くなった。本業の研究に忙殺されていたので、詩が近づいてきても本気で相手にすることはまれになった。科学の研究は、詩と同様想像力を必要としたし、何よりも私は研究が好きだった。私は仕事に熱中し、もう詩には振り向きもしなかった。たまに書いてもすぐに忘れた。四十代、五十代を通じて、それは続いた。私は科学者という職業を愛していた。紙くずの中から、妻が拾っておいてくれたのが、かろうじて生き残っただけだ。意匠はさまざまだが、紛れもない私の詩であることに驚く。

このたび藤原書店の藤原良雄氏に勧められて、それらを拾い集めた。曲がりなりにも詩集の形になったのは、編集者の刈屋琢さんの注意深い校訂の目のおかげである。いまさら世に問うというつもりはないが、もう長くもない私の生涯の本棚に、一冊だけ詩集というものを飾りたいと願っただけである。

二〇〇四年一月　湯島の寓居にて

多田富雄

著者紹介

多田富雄（ただ・とみお）

1934年、茨城県結城市生まれ。

東京大学名誉教授。専攻・免疫学。元・国際免疫学会連合会長。1959年千葉大学医学部卒業。同大学医学部教授、東京大学医学部教授、東京理科大学生命科学研究所長を歴任。71年、免疫応答を調整するサプレッサー（抑制）T細胞を発見、野口英世記念医学賞、エミール・フォン・ベーリング賞、朝日賞など多数受賞。84年文化功労者。能に造詣が深く，舞台で小鼓を自ら打ち、また『無明の井』『望恨歌』『一石仙人』などの新作能を手がけている。2001年5月2日、旅先の金沢で脳梗塞に倒れ、右半身麻痺と仮性球麻痺の後遺症で構音障害、嚥下障害となる。

著書に『免疫の意味論』（大佛次郎賞）『生命へのまなざし』（以上、青土社）『生命の意味論』『脳の中の能舞台』（以上、新潮社）『独酌余滴』（日本エッセイストクラブ賞）『 懐かしい日々の想い』（朝日新聞社）『邂逅』（鶴見和子と共著、藤原書店）など多数。

多田富雄全詩集　歌《うた》占《うら》

2004年5月30日　初版第１刷発行©

著　者　多田富雄

発行者　藤原良雄

発行所　株式会社　藤原書店

〒162-0041　東京都新宿区早稲田鶴巻町523

電　話　03（5272）0301

FAX　03（5272）0450

振　替　00160-4-17013

印刷・製本　図書印刷

落丁本・乱丁本はお取替えいたします

定価はカバーに表示してあります

Printed in Japan

ISBN4-89434-389-4